이은주 시인 시집

아껴먹는 슬픔

도서출판 지식나무

시인의 말

손이 따뜻한 당신에게

-잃어버린 시간, 새로이 주어진 시간 앞에서-

얼핏 열어둔 창문 사이로 새벽빛이 바람 따라 흘러듭니다. 살붙이한테 생긴 가슴 아픈 일에 내 살이 먼저 아픈 것처럼 교감을 이루며 우리는 둘의 기억을 공유해 가고 있습니다.

처음으로 한 편의 시를 완성했을 때, 달음질치는 회로를 선연히 느낄 수 있는 기쁨으로 밤을 지새우던 일처럼, 때로 숨찬 언덕길 혹은 가파른 비탈길을 걸을 때나, 망망대해에 버려진 듯 세상과의 불화가 깊어져 외롭고 좌절되는 힘겨움에 놓였을 때도 잡은 손을 놓지 않겠습니다.

이 넓은 세상에 존재하는 무수히 많은 사람 가운데서 서로를 사랑함으로써 서로에게 가치를 부여해 온 삶이라는 것은, 당신이 원래부터 소중한 사람이어서가 아니라 다른 사람은 보지 못하는 것을 보아주고 다른 사람은 해주지 못하는 이해를 해줌으로써 오직 내게 소중하고 특별한 사람으로 만들어 왔던 과정입니다.내가 그냥 나여도 좋은 사람, 매일 봐도 오랫동안 기다렸던 한 통의 편지같이 반가운 사람, 매 순간 함께 있어도 하고 싶은 말이 마르지 않는 당신은 내게 그런 사람입니다.

어쩌면 운명은 내가 선택하는 것이 아니라 운명이 나를 선택하는 것인지도 모르겠습니다. 우리는 운명을 선택할 수는 없지만 우리에게 주어진 감정들인 사랑과 행복, 슬픔과 아픔에 어떻게 대처할지는 선택할 수 있을 것입니다.

내 삶이 내리막길에 들면서 내 사유체계에 충분한 거름을 주지 못해 한 줄을 쓰는 일조차 버겁지만, 부족한 나무면 부족한 대로 변함없는 그 자리에 서서 뿌리내리고 주변에 그늘을 이루어 주다 보면 삶을 가꾸는 작은 언어들부터 꽃 피워 나갈 수 있을 것입니다.

세상 모든 나무가 다 저 높은 하늘을 향해 올라가기만 하는 나무가 되어야 하는 건 아닙니다. 오늘은 세상에 단 한 번밖에 없는 날이니까, 더 늙기 전에 아직은 머리카락이 자라고 주름이 깊어지며 하루에 천 개의 세포를 죽여 몸 밖으로 쏟아내고 쉴 새 없이 새 피를 만들어 혈관을 적시는 아직까진, 잃어버린 시간들이 길었기에 새로이 주어진 시간 앞에선 내 욕망의 기대치를 낮추고 남은 생애와 감정의 전부를 바쳐 행복하기로 마음먹어 봅니다.

함께하는 삶을 거름으로 기억을 가꾸어가는 우리 공간에서 새로이 시작하는 시간 즈음에 첫 시집 〈아껴먹는 슬픔〉을 조심스레 내어 놓습니다.

하루하루 쌓여질 기억들을 행복하게 떠올리며 가슴 따뜻한 시들로 두 번째 시집을 발간하게 되기를 기대하면서...

2024년 가을 초입에 이은주

목차

제1장 그리움의 갈피

제2장 사유로 와전하는 계절

제3장 나무 밑엔 이별이 쌓인다

제4장 내 기억의 윗목 아랫목

서평

제1장

그리움의 갈피

엄마 생각

바람도 불지 않는데
나뭇잎이 흔들린다
무심코 걷는 앞으로
푹 익은 감이 철퍼덕 떨어진다
나무들을 뚫고
조각 햇빛이 이마를 툭 친다
이 세상에 없는 엄마가 와서
말을 걸고 간 걸까
엄마가 홀연히 사라진 후
비로소 나 홀로 이루어 내는 사랑
못 해줘서 미안하고 안타깝고
아쉬운 마음이 가슴속에 남아
더 애틋하고 그리워지는
그 사랑 때문에
오늘도 나뭇잎이 흔들리고
열매가 익어가고
햇빛이 반짝이고
온갖 가을이
내 마음으로 흘러드는 것이다.

그대와 나

어릴 때 별 보는걸
너무나 좋아한 나
밤마다
내방 앞 계단으로 오른 옥상에 누워
때론 몇 시간이고
별을 가슴에 담곤 했다
바라보기만해도
마음이 편해지니까
사춘기의 나는
이름 모를 숱한 별들 중
오~래 쳐다보면
아주 희미하고 작게
반짝이다 사라지고
사라지다 다시 반짝이는
어느 한 별에게
내 영혼을 나누어 주듯
내 영혼을 심듯
오래토록 그 한 별만을
바라보는 습관이 있었다

내게는 사랑도 그런 것이었을까
남들이 볼 때는
너무도 평범해서
희미하게 반짝이다
사라질 것처럼 보이는
숱한 사람들 중 한 명인 그대
어느 여름날
내게만 빛나는 한 움큼 별 가루처럼
내 눈에 들어 온
내 영혼이 깃든
그대별을 찾아내어
밤새도록 바라보기만 해도 좋은
그대 속으로 빨려 들어가
끝내는 나 자신조차 잊고
그대 속으로 묻혀 들어가는
어느 하룻밤 같은
우리들 어느 동안의 만남
마치 영혼을 나누어 주기라도 하듯
깊이 빠져있는 내 사랑이
부담스러울 때의 그대는
우리 사이를
깜깜하게 어두운 밤하늘같이
막막해했지만

나는
바람에 별이 몰려다닐 것처럼
맑고도 깜깜한 밤하늘이라
별이 더 또렷이 보이는 듯
분명한 길을 제시하고
들어가는 길이 하나면
망설이지 않고 들어갈 텐데
길이 두 갈래면
어느 길로 들어가야 할 지
망설이게 되고
그렇게 어느 한 길도
선택하지 못한 채 서성이고
우리가 세상을 사는 게 늘 그렇다
망설이다 놓치는 시간과
망설이다 놓치는 일들 말이다
나이를 잊은 듯
철없는 막내의
투정 어린 고집 같은 내 사랑은
다른 별들처럼
이 세상에 없는 또 한 축을 따라
우주 속으로 흘려보내고
그대께 말하지 않은
내 소망의 이야기들은

물결처럼 번지다
소리 없이 밤하늘로 사라졌겠지
그렇지만
밤새 별을 바라보며
가슴에 담던 시간들이 행복하였듯이
그대만을 바라보며
내 영혼을 나누던 사랑의 시간들은
내 생애 최고의 행복이었다
몸은 떨어져 있지만
마음은 어느 때보다 가깝게 느껴지는
지금 이 순간
그대와 함께 있던 그 커피점에서
나에겐
세상에서 제일 빛나는 별인
그대를 생각한다
너무 사랑해서
손가락 사이로 모래처럼 빠져나갈까 봐
지꾸만 꼬옥 움켜쥐게 되는 그대를...

정(情)

한순간 소나기처럼 쏟아붓지 않고
변함없이 천천히 오랫동안
스며들고 흘러서
깊은 바닥 넓혀가는 강물처럼
네 깊은 곳 그 끝까지
기어이 닿아보리라

엄마는

어제 아침
목욕탕 앞 의자에 앉아 기다리는데
멀리 모퉁이를 돌아오는 부모님
내가 바쁘다는 핑계로 염색 때를 놓쳐
은빛으로 부스스한 엄마는
언제 저렇게 키가 작아진 걸까
앙다문 입술에서 느껴지는 완강함
일흔여섯만큼 잡힌 주름 속에
유난히 크게 반짝이는 눈
길거리에서 문득 마주친 가족의 모습만큼
우리를 낯설게 만드는 것이 있을까
이상하게도 그것은 어린 시절
나의 전부였던 친근함을 배반하는 듯한
차가운 슬픔을 지닌 낯선 모습이다
자기에 대한 객관적인 발견이랄까
한 달에 두세 번씩 함께 목욕하고
밥 먹고 장 보고 일상을 나누면서도
매번 십수 년 만에 보듯
중년의 딸을 낯설어하는

지금 함께하는 시간들은
깡그리 모아 어딘가에 묶어두고
삶의 어느 언저리만을 순회하는
원천처럼 강하며 해송처럼 의지적이던
엄마는
밥집 앞 꽃이 이쁘다고 쪼그려 앉아
한없이 바라본다
고달픈 삶의 여정에서
긍정의 기억만 간직한 엄마는
그래서 남편도 자식도 자랑스럽고
주변 사람들도 식물들도 사랑스럽다
질곡의 삶을 견뎌낸 엄마가
남은 생애만은 무작정 행복하고 싶어
기억을 잃어버린 걸까
함께 하는 순간들의 감정에 충실하여
사랑을 표현하고 옆 사람을 배려하고
더불어 살아가는 질서를 굳게 지키려는
그래서 알츠하이머임을 곧잘 잊게 만드는
엄마는
내일을 위해 오늘을 희생하지 않는
어제 때문에 오늘 힘들어하지 않는
지혜가 본능처럼 자리하고 있다
엄마는 내게

어릴 때의 그 거목처럼 든든한 버팀목이 되는 대신
언제든지 찾아가 앉을 수 있는 그루터기 같은
안식처가 되어 주기로 한 모양이다
내게 가장 알맞은 거름이 되어주었던 엄마에게
나는 어떤 수확으로 돌려 주어야 할까…
생각하면서도
너무 볼품없고 못난 열매라
사랑하는 마음에 비해 행동은 늘 밀린 숙제하듯
짧은 만남을 해치우곤 하는 나
부끄럽다

그리움

햇빛을 반사하며
유릿가루처럼 빛나는
백사장이 그립다고
매번 파도쳐 올 수 없는
머나먼 곳의 강물
촉촉한 가슴으로
올랑촐랑 일렁이는
잔물결 타고
낮은 곳으로 흐르고 흘러
기어이 백사장에 당도해
하얀 포말로 울음 친다.

깊은 사랑

소반 가운데 구는 구슬같이
온통 푸르기만 하던 내게
짙은 향기 내뿜으며
한 잎 한 잎 뜨거운 입김을
피워올린 검붉은 너
네 미세한 떨림에도
내 푸른 신경 촉수는
네게로 한 올지고
네 붉은 스물네 시간에
내 푸른 스물네 시간을
포개고 싶다는 바램
네 작작 한 오월을 위해
내 푸른 잎사귀 어딘가에
네 붉은 꽃잎 감추어 두고
초침까지 함께 하고픈 내 발걸음
한 발자욱씩 물러나
홀로 애달픈 탑을 쌓아가는 나
온몸으로 너를 받쳐주고
가시 돋워 너를 지켜주어
뭇시선 일제히 끄는 너에게
나를 새겨본다

우편

내가 겪어온
모든 삶의 기억들과
분리될 수 없는
어떤 사람이
어느 순간
한편으로 밀려 나가
고립되고 봉인되어
가슴 언저리로 발송되었다

내게 오지 않은 날들

눈가리개를 한 노새처럼
집과 학원을 오가며
다른 길은 쳐다보지 못하고
쳇바퀴 도는 듯했던
서른 해 동안의 날들
예고 없이 발톱을 세운 선인장 가시에
안개 미궁을 헤매는 동안
어디로 발끝을 놓아야 할지 모른 채
홀로 뛰어든 낯선 길
어쩌면 광야 같은 그 길에서 나는
콩나물시루에 잘못 들어가
뿌리를 내린 강낭콩 같은
끔찍하고 두려운 시루에서
나락으로 빠져드는 듯
어지럼증을 느끼게 될지도 모른다
내게 오지 않은 밤거리로
쏟아지고 버려지는 별빛 눈 부심이
유리창을 짓밟아 흔들지라도
그 길 앞에서

마음속 깊이 자리하고 있는
겨울나무 옹이에도 싹을 밀어 올리고
봄꽃을 피워 올릴 수 있을 것 같은
물관이 봄 햇살처럼 퍼진다

폭풍주의보

하늘이 무겁게 내려앉은 날
눈동자 끝으로 무수한 어둠이 떨어진다
달아나지 못한 건물들은
거대한 바람을 뒤집어쓰고
끝까지 버티겠다고 짧게 말한다
밤은 깊고 내 곁에는 아무도 없다
적막을 쫓아내느라 거의 탈진한 채
임박한 거센 파고를 느끼며
남루한 불빛 한 조각을 걸치고
깔깔한 발걸음에 힘을 준다

별 흐르다

별이 흘러 다니는 하늘길 사이로
오래된 그리움이 부풀어 오른다
먼 곳의 별일수록 더 반짝이고
먼 기억일수록 더 환해진다
바라보는 만큼 가까워지는 별
추억하는 만큼 또랑또랑해지는 그리움

선착장에서

푸른 선착장에 비가 내린다
몸과 마음의 통증이 내 안에서
비를 따라 바다로 내리꽂힌다
육중하고 거대한 화물처럼
바다에 차곡차곡 쌓인 통증은
꿈쩍도 하지 않는다
돌파구 없는 통증을 실을 배는
선착장 어디에도 없다
내가 소화할 수 없는 무게는
궁지에 몰린 짐승처럼
반사적으로 몸속을 찔러댄다
나를 향해 쏟아지는 소리들
순서도 배려도 없이 뒤죽박죽 내뱉어
빗방울처럼 나를 적셔대는
분주한 말들을 내버려둔다
성난 비바람이 위협하는 선착장에도
폭우가 한꺼번에 빠져나가
환한 햇살이 바다까지 기다랗게 비추면
내 통증 실을 배가
드디어 항해를 시작할 테니까.

불현듯

늑골 깊은 절대 고독 들춰져
홀로의 습 유전자로 스밀 즈음
달까지 차오른 그리움
실시간 동선 따라 아슴아슴한 옛 일상

불꽃

영원을 맹세하던
스쳐 가는 인연은
연민 속 비애인가
아프고 아린 가슴
다지던 자존감마저
무너뜨린 사랑아
설레던 열정 속에
피 끓던 북소리도
바람 앞 촛불인가
새가슴 타오르던
염병할 놈의 그 사랑
가슴만 텅 비더라

권토중래

가슴에 돌 하나가 쿵 하고 얹혔는데
세상은 서호별곡 한가위 흥에 취해
마당에 풀 번져나듯 어지러운 홀로움
밥 한술 뜨다 말고 베란다 창밖 보니
보이지 않는 듯이 흐르는 희뿌연 별
내 앞날 애매함 속에 나락으로 빠진 듯
마음은 마음으로 끌거나 잡는 건데
마음을 못 다스려 몸마저 아프구나
이제는 끝난 발길에 머무르지 말기를
앞산을 내려오던 가을이 묻거들랑
고통도 즐기면서 마부위침 하였더냐
재기할 마음의 준비 끝낸 뒤라 답하리

망설임

떠나면 알 수 있을까
머묾이 쉼이라는 것을
미세먼지로 곳곳에 익숙하게
흐려진 풍경에 넌더리 나
마주 잡은 손 대신 꼭 붙들
기차표를 끊으러 찾은 부전역
물금, 밀양, 청도..
푸른 역들이 춤추듯 일렁이고
갈 곳 잃은 사람들로 붐비는 역사에
머뭇거리는 봄이 다가온다
떠남과 머묾의 경계에 서 있다
전광판 역명이 축축하게
부풀어 오르다 꺼지고
다시 부풀어 오르는 동안
떠나고 싶던 목마름은
바람 빠진 풍선이 된다
떠나지 않아도 알 수 있다
머묾이 기다리던 쉼이라는 것을.

아버지의 달

손톱 밑 반달만 한 달이
모든 그리움을 담고 있다
달을 향해
아무리 마음이 달려가도
아버지와의
달빛 따스한 기억은
그리움으로 내게 오지 못한다
아버지 당신은
달 속의 달,
아버지만의 달을 누리고 사셨기에.

그대, 나의 쉼

파근파근한 삶의 그물에 갇혀 숨이 막힐 때
함부로 놀리는 혀에 마음을 베어 선혈이 솟구칠 때
쳇바퀴 돌던 심장이 메말라 유난히 버석거릴 때
쓸쓸함이 목까지 차올라 헛구역질이 날 때
함께 한 기억들 상흔조차 거름 삼아 행복을 심어주는
어린 벼의 볏도랑 같은 그대의 반가운 품 한 아름
꿈꾸는 눈송이처럼 퐁퐁 내 귓가에 내려앉는
그대의 눈부신 음성 한 그루
머언 시골 풀벌레 소리를 내 곁에 옮기느라
잘 벼린 그대의 울연한 감성 한 다발
한 마리 나무처럼 고요히 흔들리며
무너진 나를 받쳐주는 그대의 나직한 몸짓 한 마장
한낮의 열기를 굉음처럼 뿜어대던 매미 떼의 밤
아스팔트 가로등 빛에 나란히 나타난 두 그림자
달빛으로 껴안아 우리 일기장에 묶어둘 줄 아는 그대
머나먼 푸서릿길 걷다가 쉬고 싶은 오솔길
그 곰살맞은 길 위에 문득 그대는 서 있다.

비 오는 술집에서

멀리 화난 구름은
언제부터 눈물을 쏟고 있었을까
빗소리가 비틀거리는 술집
앞치마 속 달갑잖은 여가를
만지작거리고 있을 즈음
기억에서 도망쳐 온 사내 한 무리
지푸라기로 가라앉는 눈빛에
힘 모아 주고받는 술잔으로
만취한 여름이 담긴다
구름과 몸 바꾼 빗줄기
유리문 집적거릴 때
물기 피해 의자 아래 엎드린
망가진 낯선 음성 조각들
하나씩 다듬으며
열네 평 딱딱한 공기에 갇힌
내 푸른 이파리들 무수히 떨군다

좌절

내 생애 최초의 좌절은
아버지의 딸이라는 사실
내 속에 흐르는 부계의 핏줄이었다
"일주일 정도,
한 달을 넘기시기 힘들 겁니다"
종합병원 몇 군데를 돌고
기어이 사형선고를 받고
다시 돌아온 요양병원 병실에서
대퇴부 골절과
폐에 물이 80% 차 있다는
아버지는 그 오월에
"지금 밖에 벚꽃 폈나?"고 묻는다
"벚꽃은 벌써 다 졌지"
"에헤이, 참! 벚꽃 보러 갈라 캤드마는!"
내년 봄에 보러 가자는 말은 삼킨다
절대로 마르지 않는 샘인 양
눈물이 솟아오르는 동안
날마다 내게 먹고 싶은 것을
빽빽이 쓴 메모지를 건네며

바뀐 계절을 살아내는 아버지
"논에 나락 익을라믄 아즉 멀었나"
"쫌 더 있어야지, 아직 한여름인데"
"나락 노랗게 익고 단풍 들모 산에 가재이"
"어, 단풍놀이 가자"
내 생애 최고의 좌절은
아버지의 늙지 않는 감성이
내 속에서도 촉촉이 젖어 있다는 것이다

고향 상실

태어나서 자라는 동안 나를 품어 주어 마음속
깊이 그리움으로 정든 곳이 고향이라면 공간의
개념을 넘어 내 고향은 나의 엄마다.
엄마의 기억이 날마다 어디론가 줄줄 새고 있어
더 이상 고향으로서의 평온함을 유지할 수 없었을 때
의지하던 아버지가 마실 나가 불안함이 엄습하면
오십 년을 살아오신 집에서 자주 나가셨다.
주섬주섬 옷가지 몇 개 챙겨 넣은 보퉁이를 껴안고
집에 가야 한다며 말리던 이웃들을 이기고 완강하게
그러나 순식간에 사라져 버리셨다.
경찰서에서 연락을 받고 찾아가 보면 언제나
엄마가 나고 자란 해운대 청사포 앞
엄마 성장기의 갖가지 정들을 왕창 헐어버려
신도시로 만들어버린 매정한 아파트 앞에
슬프고 허망한 눈길을 하염없이 땅으로 향한 채
쭈그리고 앉아 있었다.
몇 번을 같은 장소에서 찾아냈을 때 비로소
그곳 지도상의 주소가 어릴 적 내 기억 속 외가
주소임을 알게 되었다.

신도시 그 아파트 대단지 속에서 기억을 잃어버린
엄마는 어떻게 정확히 나고 자란 곳을 찾아갔을까,
더 이상 스스로 결정하고 선택하는 일이 불가능해도
고향을 상실하고 존재의 근원을 상실하다시피 해도
나의 근원은 다시 고향을 그리워하며 찾는 걸까!
알츠하이머에도 어린 시절 고향에 대한 향수는
새삼 애잔한 미련으로 부스럭거려,
잃어버리고 있는 기억들만큼이나
잃어버린 장소에 대한 그리움이 안타까워
눈물이 났다.
고향을 상실한 시대
내 고향 엄마가 곁을 떠나갔어도
남은 나의 삶은 그저 타향살이로 지속되고 있다.

갓밝이에 서다

아직 아침은 멀다 하나
가슴 가득 흘러넘쳐
꺼지지 않는 나라 다솜의 불길
흘러내리는 촛물은 희고 뜨겁다
일흔네 해 째 궂은비 퍼붓는 뭇따래기
시드러운 흰 풀들의 어리무던함은
가슴 속 옹이로 응어리졌는데
사람이 사람을 누르고 부리는
주접스러운 짓쳐들어옴에
곰비임비 쏟아져 나오는 풀들의 일어섬
이제 다시는 지지 않는다
바상바상한 외침은 나직해도
갓밝이에서 솝뜨는 물굽이
너울지는 물이랑 그 누가 막으랴!

〈주석〉

* 갓밝이 - 날이 막 밝을 무렵
* 다솜 - 애틋한 사랑의 옛말
* 촛물 - 촛농(초가 탈 때에 녹아서 흐르는 기름)의 잘못. 한자,
초膿(고름농)을 사용하지 않기 위함
* 궂은비 - 끄느름하게 오랫동안 내리는 비
  (끄느름하다 - 날이 흐리어 침침하다
   또는 마음이나 표정이 어둡다)
* 뭇따래기 - 잇대어 나타나서 남을 괴롭히는 무리
* 시드럽다 - 고달프다 (몸이나 처지가 몹시 고단하다)
* 어리무던하다 - 사람됨이나 ㅅ닝질이 어질고 무던하다
* 주접떨다(~스럽다) - 욕심을 부리며 추하고 염치없이 행동하다
* 짓쳐들어오다 - 세게 몰아쳐 들어오다
* 곰비임비 - 사물이 계속해서 거듭 모이는 모양, 또는 일이
계속해서 거듭되는 모양
* 바상바상하다 - 물기가 없어 보송보송하다
* 솝뜨다 - 아래에서 위로 솟아 떠오르다
* 물이랑 - 물이 너울져서 이루는 이랑

밤에 쓰는 詩

유리같이 투명한 공기가
밀려오는 듯
그렇게 무거운 고요가
낮게 깔려 있는 밤이면
보름을 향해 차오르는
달의 기운으로 구름을 밀어내고
차가운 푸른빛을
바다인 양 내 보내는 밤이면,
내 마음은
마를 줄 모르는 그리움의 바다
비로소 詩에게로
마음의 닻을 내린 나는
텅 빈듯한 적요가
더욱 부추기는 밤을 이고 앉아
공백 지대에서
차츰 의식이 되살아나듯
푸석하던 감정의 결들 사이로
촉촉한 언어들을 밀어 넣음으로
흑백이던 내 삶에
여러 가지 색깔을 입혀주고 있는 詩.

파종

온통 푸른빛으로 젖었던 세월은
시계추 따라 낡아 빛이 바래고
출구가 차단된 욕망들은
우물 안에 던져진 돌멩이처럼
가슴 속에 쌓여 갔다
슬픔이 바람처럼 몸을 뚫고 지나갈 때도
외로움이 햇살처럼 어깨로 쏟아질 때도
삶의 제약들과 뒤엉켜 버리지 못한 꿈은
믹서 되어 돌아가고 있었다
마침내, 번뇌가 깊어진 생명들이
폭죽처럼 터져 나오는 봄
얼어붙은 마음을 뒤집어 밭을 갈고
감성의 씨앗을 마음속 깊이 묻어본다

버팀돌

일생이 동터 오르던 여명기에
정표로 주고받은 손목시계의
힘차게 돌아가던 시곗바늘처럼
피는 신선했고 무한량의 행복이
모래알처럼 퇴적되어 가던 삶
볏가을을 마친 해거름 녘
화장대 서랍 속 낡은 손목시계
재 속에 파묻힌 불씨처럼 잊혀져가고
마모되는 톱니바퀴의 생 위로
숱한 사연들이 쌓여가지만
소모되고 채워지는 단조로운 일상은
달이 기울면 다시 차오르듯이
일말의 흔적을 남긴다
헤아릴 수 없는 반복의 권태 속에서
삶의 이면으로 끼어드는 깊은 고뇌는
둥근 달의 단면을 보고 있으면서
전부를 보는 듯 때로 위로가 되고
평생 달의 다른 면을 보지 못하듯이
서로의 내면을 이해 못 해 상처를 주곤 하는

손목시계의 언약인 가족이라는 굴레는
벗어날 수 없는 족쇄이자 살아가는 이유이며
다시 일어설 수 있는 버팀돌이 된다.

정동진

아픈 기억의 조각마저
꼬깃꼬깃 주워 담은 배낭을
객차 옆자리에 앉히고
삶의 변덕스러움과 모자람을
침묵이 주는 사색의 풍성함을
가장 가까이서 느끼고자
문명이라는 푹신한 둥지를 떠난다.
어둠 속에서도 차창 밖
도시는 불을 밝히고
산에 둘러싸인 농촌은 빛을 상실한 채
방황하며 자유를 갈구한다.
지속하고 싶은 머무름을 뒤로하고
사라진 간이역을 그리워하는 사이
목적지에 내린 그날,
한날한시에 현실은 또 다른
그리움이 되고
바다는 나만의 바다가 된다.

가을 단상

키 작은 단풍이 바람을 맞아 바스스 울고
은행잎은 햇볕을 받아 빛납니다.
베란다 아래 갈숲이 두런두런 이야기를 나누고
가슴에는 빗살 같은 물결이 일어났다가 사그라집니다.
이곳 남쪽 나뭇잎은 물들지 못하고 타들어 가는데
위쪽 지역 나무들은 붉은 잎들을 떨구어냅니다.
수업 끝나고 돌아가는 아이들은 책가방마다 한가득 담긴
웃음소리가 걸음을 옮길 때마다 철철 넘쳐납니다.
거리는 온통 시끄럽게 떠들어대고
내 그리움은 요동치며 이성을 거슬러 오릅니다.
한바탕 휘젓고 떠나갈 바람이 다시 찾아왔나 봅니다.

온천 시장에서

아침 해가 다가오는 짧은 발자국을 따라
아버지와 나선 내 고향 같은 온천 시장길
혼자 남은 아버지가 좋아하는
창난젓, 낙지젓, 멸치젓 등이
담겨진 함지박마다
엄마의 얼굴이 나타났다가
풍경이 바람에 흔들리듯
눈꺼풀 따라 물기를 머금고 오래 흔들린다
아직은 우리가 셋이었을 때
남탕 여탕에서 나와 해후하던 온천 앞 긴 의자
돈 많이 쓴다는 염려의 말을
돈보다 많이 들으며 먹던 시장 국수
길거리 오뎅 떡볶이를 먹으며
소녀처럼 입을 가리며 웃던 목단 같던 울 엄마
아버지 뒤를 따라 걸으며
아버지가 생각 없이 버리는 사탕 봉지를 주워
주머니에 넣던 엄마의 나무뿌리처럼 거친 손
뭐든 사주고 싶어 하던 나와
아무것도 필요 없다던 엄마와의

행복하던 실랑이가 기억의 둘레를 넓히자
문득, 참을 수 없는 외로움이
매연처럼 가슴을 매캐하게 짓눌렀다
눈 감으면 언제고 보이는 엄마가
꿈속에라도 한번 찾아주지 않는 서운함에
붙잡고 있던 아버지 팔을 잡아끌며
"시도 때도 없이 해달라던 정구지찌짐은
그래 무 사 터 마는 다 어데 가고 빼짝 말라갖고는 진짜!"
괜한 지청구 한마디 돌멩이처럼 툭 던졌다.

기탄잘리 12 /타고르

삶의 지혜

제 여행의 시간은 길고 그 길 또한 멉니다.
저는 어슴푸레 빛나는 첫 한 줄기 빛의 수레에서 나와, 많은 별과 행성에 제 자취를 남기며 세상의 황야를 거쳐 제 항해를 계속했습니다.
당신께 가장 가까이 가기 위해서는 가장 먼 길을 돌아야 하며, 극히 단순한 곡조에 이르기 위해서는 가장 복잡한 단련을 거쳐야 합니다.
여행자가 자신의 집에 이르기 위해서는 모든 낯선 문을 두드려야 합니다. 사람은 결국 가장 깊은 성소에 이르기 위해서는 모든 바깥세상을 헤매야 합니다.
제 눈을 감고 '여기 당신께서 계십니다!' 라고 말하기까지 제 눈은 이리저리 헤맸습니다.
'오, 어디에?' 라는 물음과 외침은 수천 줄기 눈물 속으로 녹아들다가 '나 있음'이라는 확신의 범람으로 이 세상을 잠기게 합니다.

댓시 / 이은주

존재의 확신은 바람이었습니다
시간을 돌아오는 것도
흔들리지 않는 좌정의 길 찾기였습니다
확신의 가치가 이토록 긴 갠지스강을 건너고
산 케니스 탄의 정원을 맴돌고서도
현신(顯身)하지 않았습니다
억겁의 시간을 지나고서야
비로소 "여기 있다"는 것을
내 안의 또 다른 내가 증명 할 뿐입니다
모든 바깥세상을 돌아 자신의 집을 찾아오는 길은
기적이라 말하는 부활의 사흘도 아니었습니다
섬뜩한 길 찾기의 빛은 광선을 가장한 바람이었습니다
가지치기를 끝내고 단순하게 더 단조롭게 된
거울 앞의 내가 삶의 추상화로 남았습니다.

연민

당신 발이 아닌 엄마의 발로 걸어 온 인생
그 발이 되어준 엄마가 떠나자
바닷바람에 오래 마른 생선처럼
몸의 부피를 줄이고
외로움의 무게를 키운 아버지
여든다섯 주름만큼 겹겹의 지혜도
연륜만큼 깊어진 성숙함도 없는 텅 빈 늙음
철저히 홀로 견딜 수밖에 없는
노쇠한 육신의 고통이
아버지의 얼굴에 화난 얼룩을 남긴다
평생을 당신 자신만 위해 살아오느라
훈련되지 않은
더불어 사는 삶이 버거워도
아내가 아닌 딸이기에
곁눈질로 생존법을 배우고 있는 아버지
당산나무 앞에 차곡차곡 쌓여 진 돌탑처럼
아버지와의 삶이 내 가슴에 쌓여가면서
물에 뜬 기름처럼
응어리진 마음과 가련함이 엉기고 섞여
가슴에 별난 무늬를 만들어 낸다
아! 슬픔은 언제나 가슴으로 스며든다.

제2장

사유로 와전하는 계절

부끄러움

신발에 비료라도 줘볼 걸 그랬어
작은 키를 비웃으며
문패의 가출 후에
성장의 비탈에 멈춰 섰지
남의 신발을 신어보려면
내 신발을 벗었어야지
풍등한 비웃음으로 면박을 주는
설악산의 구박에
자아의 비탈에 멈춰 섰지
바다보다 하늘을 사랑한 물고기
기어이 날개를 펼 동안
몸 깊숙이 침몰하는 냉기 하나 구하지 못해
감정의 비탈에 비석이 됐지
숱한 낮과 밤, 계절과 급류를 지나서
비로소 내 집 울타리 만난 능소화
나 대신 더 부끄럽게 붉어진다
언제든 떨어질 수 있음을 기억하는
나뭇잎처럼 살았어야지

찬란한 봄

내 마음은
아직도 겨울의 한 자락을 잡고 있는데
계절은 언제나 마음보다 앞서가 버린다
하루 종일
봄볕이 살랑살랑 엉덩이를 흔들며
눈웃음을 치면서
가는 곳마다 따라다니며 얼굴을 디밀더니
깊은 밤 어느 언저리부터
비가 내리고 있었던 걸까
따스한 볕으로 나를 유혹하던 봄이
축축한 비로 꽃들을 유혹하나 보다
안고 싶고 만지고 싶고 냄새 맡고 싶고
그런 감정이 봄이 아닐까
밤새 혹은 한나절 정도 더
봄비가 세상을 열어주면
캄캄한 땅속에 움츠리고 있던
나무의 새싹들과 풀씨들이 싹을 드밀고
온갖 꽃들이 일제히 솟아오르고
벌레들이 슬슬 기어 나와

잿빛의 황량함에 길들여진 내 눈에
화안한 색기로 나의 시각을 자극할 것이다
이미 부지런한 봄 꾼들이 가져온 매화며 산수유는
얼마나 도발적이고 육감적인지
푸른 나뭇잎을 걸치지 않고
맨살 위에 그대로 꽃을 쑥 내밀어
괜히 낯부끄러워 지면서 가슴이 뛰게 하는
그 해사한 꽃 미소
내 맘 깊은 곳의 뜰에 쌓여 있는
수많은 욕망 씨앗들도 봄볕에 봄비에
싹을 디밀고 잎을 내고 꽃을 피우고
마침내 열매를 맺기 위한 움직임으로 부산하다
해마다 맞이하는 봄이지만
겨우내 가슴마저 얼려버리는 냉기에
여린 실핏줄 같은 뿌리를
얼어붙은 흙덩이에 묻어야 했던
나무의 고단한 생존을 알기에
겨우내 찬바람에 떨어야 했던
나무의 꿈을 기억하기에

긴 고뇌를 잘 견뎌낸 칭찬의 마음을 담뿍 모아
이 봄을 꼬옥 껴안아 주고 싶다
내 마음에도
무심한 듯 봄꽃들이 화악 피어나서
몇 번의 비바람으로 꽃들을 떨어뜨리고
마침내 옹골지게 맺힌 열매들에게
자리를 내어줄 수 있도록
찬란한 봄처럼
찬란한 비상을 꿈꿀 수 있도록!

갯벌

밀물과 썰물이
제멋대로 드나들며
내 삶에 퇴적작용을 일으켜
매 순간들의 퇴적 속에
깊이 묻히더니
기어이 질척거려
한 걸음 나아가기도
힘든 지경이 되었다

안개 속에서

안개 속을 거닐던 게 얼마 만인가
덤불과 돌들은 외로운지
서로 포근히 감싸며 안개비 맞는다
앙상한 나무와 메마른 억새는
살랑이는 봄볕을 기다리는 듯
쓸쓸한 몸부림은 힘겨워 보인다
왠지 온정은 느껴지지 않고
모두 다 혼자라는 생을
꾸려가는 듯한 삭막함이 감돈다
저마다 외로울 터
때론 가족마저도 외면하고
타인처럼 모른 척 살지는 않을까
그 모든 걸 짙은 안개가 가리는 걸까
서로 속내를 모르게 가면 쓴 것처럼
하지만,
가식이 난무한 삶은 외로울 텐데
불투명한 시야에 환한 빛이 들듯
새 희망과 온정을 품으며
살아가야 할 인생길

가을 흉내

가을을 어디다 두고 왔는지
바람은 갈피를 못 잡고
여름 꽁무니에 매달려 있다가
조석으론
가을 흉내를 낸답시고
찬 기운을 몰고
흔들어 댄다

바다

한파에도 결빙되지 않는 바다
한가운데 떨고 있는 부표에
무력감으로 시린 마음을 묶어본다
마음은 마음으로 끌고 마음으로 잡는 것
힘든 시기를 견디고 있는 흔들리는 부표
시기에 맞는 일을 해야 시기를 자기 것으로 만들 텐데
지나간 썰물에 마음 두지 않고
오고 있는 밀물에 흔들리지 않고
덮쳐오는 파도에 휩쓸리지 않고
지금 가능한 만큼만
지금 물결이 닿아있는 곳에만 마음을 두고
때를 기다리자
욱신거리는 머릿속으로
상념이 갯강구처럼 분주할 뿐
글은 한 줄도 써지지 않지만
오롯이 지금을 산다는 것
부표처럼 흔들리는 마음 말고는
아무것도 없는 지금을 산다는 것
이미 끝난 발길을 되돌리지 않고
끝을 향해서 서두르지 않고
부표 경계만큼의 바다까지만 살아보는 것

쉼으로 피는 봄

결코 직선일 수 없는
굴곡진 길의 얼어붙은 숲속 어디쯤
겨우내
바이올린 현처럼 조여진
세포들의 하얀 통증 같은 눈을 밀어내고
갇혀있던 봄이 보르르 피어났다
낮 동안 저마다의 모양과 색으로 존재하다가
노을 앞에서 하나의 검은 실루엣으로 물들어
쉼을 부르듯이
얼음처럼 수 없는 금을 그으며 갈라졌던 가슴속
울타리 쳐진 각각의 경계선들이
노오란 봄 앞에서 사라지고
비로소 쉼에 다다른다.

은행잎

바람 타는 은행잎들이
넋 들린 것 같은 소리를 내며
누렇게 미쳐가고 있다 했더니
한 친구가
은행잎이 왜 미치냐 묻네
음... 내가 미쳐가고 있으니까.

빗방울

구름에서 자란 나는
많은 언니 오빠와
땅으로 여행을 왔어
돌 속에 뛰어들어
지하수가 되어 준 오빠
바다로 강으로 호수로 가서
물방울들과 친구가 되어 준 언니
나는 언젠가 본 동화 속의
예쁜 꽃을 피우고 싶어
산기슭으로 갔지
캄캄한 흙의 손을 잡고 기다렸어
해님이 종일 비춰주던 어느 날
물기가 날아가고 내 몸이 마르면서
다시 구름으로 돌아가 버렸어
작은 조각구름이
울고 있는 나를 태워
나의 산기슭을 보여 주었지
샛노란 나리꽃 한 송이가
해님보다 밝게 피어 있었어

잠들지 못하게 하는 봄

어느 순간
폭동처럼 벚꽃이
하얗게 집 앞길을 점령하더니
겨우내 꽉 막혀 있던 가슴 한가운데
하얀 신작로 하나 시원하게 놓여진다
꽃이 꽃을 불러
혁명보다 환한 꽃길 도미노가
저물녘의 중년 속에서도
꽃잎처럼 자유한 비상을 꿈꾸는
감성의 하얀 실존이
나를 잠들지 못하게 한다.

지하철 정거장에서 - 목련, 폰에 갇히다.

불현듯 마주한 낯선 한순간
존재와 부재 사이의 좁은 공간으로
쏟아져 나오는 한 무더기의 목련
생사의 틈을 뚫고 막 올라오는 새순
금방이라도 터질 듯 부푼 꽃봉오리
꽃망울을 터뜨리기 시작한 꽃송이
만개하여 빛나는 뽀얀 자태
제각각 떨어지는 꽃잎 하나하나
떨어져 시커멓게 시들어가는 죽음
그들의 시선은 모두 폰에 갇혀있다
목련은 그들만의 세상에 박제되어
온몸에 점점 하얀 꽃물이 들고
닫힌 문 앞에 내 뒷모습이 남았다.

동해에서의 애도(哀悼)

모래밭으로 스며드는 파도에게서
나는 오롯이 그대가 되는
애오라지 사랑을 배워왔다
자갈밭으로 휘감고 돌아가는 파도에게서
나는 '그냥 나'로 살고 싶은
내면의 욕망이 들끓음을 본다
나뒹구는 숱한 회한의 돌멩이 위로
성내듯 덮쳤다가
포기한 듯 이내 밀려가는 포말
짙어진 어둠이 매장된 바다로
가여운 내 청춘 한 움큼
성급한 파도에 실려 달아난다.

기탄잘리 24 / 타고르

날이 저물어 새들이 더 이상 노래하지 않으면, 바람도 지쳐 사그라들면, 그때 짙은 어둠의 베일을 끌어 올려 제 위로 드리워 주소서. 당신께서는 땅거미가 질 무렵 잠의 이불보로 대지를 감싸고, 늘어진 연꽃잎을 부드럽게 닫아 주십니다.

여정이 끝나기 전에 식량 주머니가 바닥나고, 옷은 해지고 먼지가 가득하며, 기운이 다 빠진 여행자들로부터 수치와 빈곤을 없애주소서. 그리고 당신의 친절한 밤의 장막 아래 있는 꽃처럼 그의 생명을 새롭게 하여 주소서.

댓 시 / 이은주

해진 옷과 빈 주머니 그리고 가난하다는 것이
수치가 아니라는 것보다 채울 수 없는 마음이
못견디게 안타깝습니다
기름진 생명의 강이 대지를 살찌우고
어둠이 세상에서 가장 평온한 집이었음을
피는 연꽃으로 깨닫게 했습니다
쥐고 있는 촛불은 내 눈을 멀게 했지만
다른 이의 눈이 됨을 몰랐습니다
그토록 하찮은 듯 말이 없었던 것이
등대가 될 줄 몰랐습니다
미혹을 씻어 거친 평야를 가꾸는 강물이
너무 먼 우주를 돌아 나에게로 왔지만
습관처럼 감고 살아온 눈의 길을 몰랐기 때문입니다

봄날

동백꽃잎 신선한 피
개나리 넘치는 에너지
진달래 수줍은 감성
목련 도도한 자태
벚꽃 화려한 젊음
봄날은 찰나였다

절규

끼룩대는 바다 타고 앉아
긴 세월 펄럭이던 고도
생떼쓰는 무리 향해
해풍 뚫고 온몸으로 부르짖는
피맺힌 절규 우리 땅!

강물 따라 흐르면서

강을 떠난 나루터
강가 풀숲에 옛이야기 안고
흔들거리는 빈 배
남루한 사당처럼 힘을 잃었으나
물결 위에 반짝이는 윤슬로
가슴에 들끓는 말들
노를 저어 띄워 보낸다
강물같이 바람같이 헤매는 마음 싣고
강을 건너면서 지나온 길 지우고
강물 따라 흐르면서
마음 깊어지고 맑아지라고.

무상(無償)의 봄

매진(邁進)이
면면(綿綿)해야
기쁨이 담뿍하고
손발이 힘겨워야
여유가
만만하고
낯빛이
영색(令色) 해야지
관계가 원만하다
무상(無償)의 베푼 희열
가슴속
용솟음에
행복한
봄 물결을
옴시레기 받아안은
3월의 안온함이여
감사무지
봄이다

구름

구름은 나의 미술 선생님
공룡은 너무 어려워요
떼쓰는 나를 위해
새도 되고 나비도 되어 주세요
구름은 나의 미술 선생님
몽그레 몽그레 속삭이며
왔다 갔다 부지런히 가르쳐 주세요
구름은 나의 미술 선생님
꽃구름 물결 구름 햇무리구름
새털구름 오리구름 깃발구름
깔때기구름 벌집구름 삿갓구름
하루 종일 배워도 재미난 미술 시간

가을

수많은 발자국이 이어져 길이 되고
거듭된 우연이 이어져 인연이 된다
나를 희롱하던 숱한 연결의 고리들
이제는 단순화할 때다
내 삶에 어느덧 가을이 왔으니까.

봄을 붙잡다

마음 한 켠에 밀어두었던 추위마저
진눈깨비를 타고 터져 나와
꽝꽝 얼어있던 마음의 겨울 숲에서
봄은 아직도 까마득해 보이던 어느 날,
이제는 봄에의 바람마저 빛바래 가고
나날의 한숨이 몸 안의 숨통마저 조여오던 그때
무수한 불면의 어둠에 뿌리내리고 있던 내 발이
아지랑이로 스며드는 시를 기억해 냈다
더 이상 헐벗은 나무껍질 속 버러지처럼
처절히 최절된 몰골로 움츠러져 있지 않으리
풀썩풀썩 먼지 날리는 메마른 영혼에
언 별의 빛을 뿌려 흥건하게 적셔주고
생사에 갇혀 기갈이 든 감성에
달무리 두른 달빛을 쐬어 도연한 시심에 젖게 하자
내 안의 궁핍함을 근사모아
배쭈룩이 내민 새순처럼 수줍게 올라오는 시
한 송이 한 송이를
타성으로 늙어가는 세상의 넓은 잎사귀들을
헤치고 어루고 들치면서
한 모금씩 한 모금씩 뱉어내자
작지만 눈부시게 눈부시게.

다시 피어오른 너

겨울을 등 뒤로 하고 달리는 데도
한없이 겨울 속으로 빨려 들어가
끝내는 잿빛 황량함에 묻혀
삶이 모래성처럼 무너지던 어느 날,
너는 힘찬 색채들로 가득 차올라
격렬함을 견디지 못하고
찬란한 빛으로 분출되어
형형색색의 꽃을 터뜨렸다.
민들레 한 송이 홀로의 삶도
목련 한 그루 여럿의 삶도
가슴에 담고 보면 다 기꺼운 법.
미지의 별에 영혼을 나눠주듯
다시 피어오른 봄, 너에게
한 웅큼 별 가루 같은 바람을 심으며
비로소 맑은 물방울처럼
환한 웃음을 되찾는 나.

서서 잠든 나무

겨울 하늘, 두드리면 쨍
얼음 깨지는 소리가 날 것 같이
추운 어느 밤
앙상하게 해진 겨울나무
사금파리 조각처럼 뾰족한
된서리를 맞았다
차라리 눈이라도 내려
모든 기억을
하얗게 덮어버렸으면 하다가
반복돼도 굳은살이 박이지 않는
아픔을 켜둔 채
서서 잠들다.

제3장

나무 밑엔 이별이 쌓인다

마침표를 찍다

병실 천장에
잿빛 품은 물방울들이 자욱하던 날
캄캄한 숨 막힘에 휩쓸려
링거액만 불투명한 영양제로 바꾸며
축 늘어진 손을 잡고
내 눈물이
엄마 심장에 온기로 흘러들기를 기도했다
가야 할 날을 결정하고
시간을 자기편으로 만든 엄마는
수액에 의지하기를 거부하고
무거운 눈꺼풀을 뜨는가 싶더니
링거줄을 단번에 걷어버리고
귀한 딸의 오랜 수고를
더는 보고 싶지 않다는 듯
크고 동그란 눈을 감아버렸다
가슴은 왜
언제나 두려움이 오는 쪽을 향해
까치발을 하고 서 있는 걸까
마침내 엄마의 마침표가
무참히 내게로 쏟아져 내렸다

바다 너머 수평선

한 계절의 바람과 하늘은
물의 기억들을
고스란히 파도에 묶어
바다 위에 남긴다
한 생의 기쁨과 슬픔
사유의 기억들은
고스란히 세월에 엮인 채
생애 위에 남아 있다
누구에게도 호의적이지 않던 삶의 파도가
남아있던 내 생의 바다에 밀려오고 밀려가다
거세어진 고뇌의 파고에 부서지며 흩어진다
바다 너머 수평선 자락에 닿은 시선
바다는 보지 않고
파도만 보며 살아온 삶이
모래알갱이처럼 손가락 사이로 빠져 나간다

실연

혼자라고 느껴질 때
간절한 마음으로 꺼내 보는
사랑하던 나날들
신화처럼 믿기지 않는
그 겨울날의 기억들이
부유하는 먼지처럼 피어오르다

봄볕, 지다.

차가운 서릿발은 심장을 찌른다
문신을 지워낼 듯 힘들이며
밤을 끌어안고 낮을 붙잡으며
홀로 견뎌내려 몸부림쳤을 고통
끝내 시간을 싹둑 잘라 들고 떠나버렸다
드는 눈빛은 몰라도 나는 발자국 소리는 안다고
우리 짧은 만남 끝자락을 붙잡고
젖은 눈가 몇 번 훔치고 나면
이슬은 풀잎 끝에 남아
그대 눈빛을 간직한다
해 질 무렵 날아드는 새를 보면
무심히 그대 빈자리 눈에 들어와
마른 목에 삼키는 그대 눈썹
살아서 손 한번 못 잡아준 자리
가시나무로 허기져 얼룩지고
아픈 봄볕이 가슴에 스며든다.

나만의 별

당신의 늑골이 내 열망에 개입한 것이 분명합니다
당신을 처음 본 순간 내 늑골 하나가 끊임없이
내 작은 심장을 빠르게 두드리고 있었으니까요
나의 전부를 끌어들이고도 공간이 남을 것처럼
깊은 당신의 눈빛에 나를 가득 채우기까지
한 계절이면 충분하였습니다
밤새 동산에 흐르는 별을 가슴에 담던 당신과의 시간들이
행복으로 충만하였기 때문일 겁니다
내가 건넨 볼 빨간 사과를 당신께서 냉큼 받아 드신 것은
나는 언제나 있는 힘껏 당신의 온몸을 끌어안고
당신의 외로움과 쓸쓸함을 절반쯤 덜어내어
내 안에 차곡차곡 쌓아 둡니다
어느 날부터 당신은 아흔 넘은 부모님 십자가를 기꺼이 짊어지고
끝을 바라면 안 되는 골고다를 향해 가고 있습니다
당신의 영혼을 나누어 주듯 발걸음에 정성을 담아서 그렇게요
나는 시몬처럼 당신의 십자가를 함께 져 줄 수는 없지만
베로니카가 되어 당신의 피땀을 닦아 줄 수건을 지니고
언제까지나 함께 걷겠습니다
당신은 내게만 빛나는 한 웅큼 별 가루처럼
내 눈에 들어와 밤새도록 바라보기만 해도 좋아
끝내는 나 자신조차도 잊고 묻혀들어갈 나의 별이니까요.

소망(카메라)

당신은 언제나 고독과 아픔 속에서
나의 존재감을 확인하려 합니다
네모난 몸속에 고여있던 눅눅한 습기들이
당신의 손가락 사이로 빠져나가던 날
미루나무 꼭대기에 걸린 몇 남지 않은 이파리들이
파들거리며 몸을 뒤집는 순간을 포착합니다
나는 살아있는 것들의 아픔을
홀로 기억하는 천형을 지닌 것처럼
무채색의 고통을 동그란 외눈을 통해
가슴에 담습니다
차가운 불처럼 셔터를 누르는 손가락은
아무런 움직임 없이 멈추고
당신의 외로움을 반사하는 검은 눈동자에는
미세한 잔금이 가고 찰칵 소리를 내며 깨집니다
까실까실한 바람이 부는 날
수면을 지나온 무한한 빛의 굴절은
영혼과 맞닿은 기억 속에 묻어 두고
내 삶의 조리개는 만화경의 색채무늬처럼
찬란하게 쏟아지는 빛 속에 담고 싶습니다

슬픔

슬픔 한 줄기

누군가
내 살갗을 바늘로 찌르는 듯
끊임없는 기침은
누런 슬픔 응어리를 토해내고
마음이 흘리는 피가
육신을 병들게 함을 경험한다

슬픔 두 줄기

깊어진 시름에 비례해 늘어난 주름
슬픔의 웅덩이 하나 메우지 못해
얼굴에 드러나는 흔적들
날마다
벌거벗겨진 나를 대면한다

슬픔 세 줄기

보고 싶어
허기지고 찌든 하루들
바람을 베고 잠들어
눈물 냉기에 깨다 보면
삶은 조금 더 헐거워지고 무심해져
외로이 늙어가고 있겠지

건널 수 있을까

검게 타버린 마음 밭에
찬란하던 한때를 놓지 못해
아직 내 안에서 일렁이는 물결
그 밖에 작은 빗금 하나 쳐놓고
잔잔해질 순간을 기다리는 왜가리

초침을 겪다

좁고 단단한 껍질 속에 갇혀있는 나
착착 초침이 지나가며 적막을 키운다
앞으로 앞으로만 가는 초침이
또 무엇을 불러들이는 중일까
고무망치로 아무리 두드려도 없어지지 않고
여기저기서 튀어 오르는 두더지게임 같은 생각
시간이 떠내려가는 오싹한 소리만 가득한
달팽이 집에 갇혀 있는 나
낮과 밤이 순식간에 바뀌고
비가 퍼붓다가 금방 개고
길고 긴 여름을 지나
단 하룻밤 만에 가을로 건너오는
이 계절 속에서 나는
돌이킬 수 없이 멀리 와버렸나
견고한 어둠만 나를 에워싼다
초침이 움직일 때마다
온몸의 뼈마디가 어긋나는 통증이 불려 온다
종일 어색하게 흘려보낸 웃음이 몸속을 돌다가
초침으로 되돌아와서 가슴을 찌르고
따가운 생채기를 내며 내 안을 헤집고 다닌다.

지붕

톱니바퀴처럼 맞물려 일해서
겨우 살아가던 앙상한 생애가
밋밋하고 볼품없는 마당에서
맥없이 흘러가던 때
마을에 역병마저 돌면서
투명한 햇살이 비치는 아침마다
가차 없이 드러나는 마당의 흙빛에
쌀 한 톨 남지 않은 선명한 참혹함
흐린 날의 지붕은 멀어서
신성해 보였다
비록 태초에 힘을 잃은 날개지만
낮게 파고드는 새끼들 보며
수천 번의 파닥임을 하는 동안
바람의 공세를 피하며
무너지고 또 일어서면서
꺾이고 또 휘어지면서
마침내 다다른 지붕 위
기갈처럼 기진한 몸속을 파고드는
낭떠러지에 선 아득함

방금 전까지 밟고 섰던 마당
한 켠에 보이는 내가 찾던 낟알들
땅에서 쓰러졌는데
땅을 버려둔 채 지붕을 밟고
일어서려 한 어미 닭의 눈물
오뉴월 닭이
여북해서 지붕을 허비랴

어둠이 삼킨 상념

삶의 터전에서 정신은
바늘구멍을 드나들 만큼
날카롭게 집중되지만,
불쑥불쑥 치통처럼
치밀던 그리움 주체할 수 없어
뒤척이던 시간의 행렬들
실눈으로 들여다본 세상은
광대한 우주의 버려진 이면처럼
뾰족하게 세우고 사랑보다 치명적인
연민마저 버리라는데
어둠 속에서 주술처럼
그대 이름을 되뇌며
베갯머리에 얼굴을 묻고
울던 밤은 사위어간다

그땐, 그랬었어!

오래된 선풍기 소리에
추억 한 자락이 뇌리를 스친다
인연은 어쩌면 낯선 곳에서
하룻밤일지 모를 인생이 아닐까
힘든 삶 속에서도
잘 버텨 온 자긍심마저
사랑을 위해 내려놓는 건
가슴 아파지고 때론 굴욕적이었지만
펄펄 살아있는 심장에 뜨끔했고
뜨거운 피가 들끓은 것에 몸서리치며
용광로에 들어가는 무쇠처럼
사랑을 밀어 넣는 열정에 놀라웠다
오직, 한 번뿐인 떨림이었기에
주름살 깊어지며 후회스러울 것 같아
사랑에 빠져들고 싶은
마음이 앞섰는지도 모른다
사랑의 끝을 예견하는 이 있을까
설레는 마음을 함께 하고자 했던
결정이 잘한 것이었다고
시적시적 가슴 다독여보련다

그대

신기루였던가
그대는
손 내밀면 닿을 것 같던
그대를
한순간 눈앞에서
떠밀어 내었지만
허상이었던 듯
진짜로 사라져 버린
그대를
밤마다
눈물로 쫓아다니며
오롯이
홀로 견디는 시간들
매 순간마다
황폐해져
폐가가 된 정신에
흉풍이 불고
혼신의 설움을 싣고
사멸하는
마흔 끝자락 스산한 가을

얼결에
그대를 보내놓고
체취로 엄습하는
그대 기억들
수습 못 한 유골처럼
가슴에 묻고
버티어 보는데
결별에 모순되는
질긴 내기다림
폰을 향하고
수년 같은 수일 만에
무심한 듯 울리는
그대의 전화, 문자들
심장에 꽂히고
창자까지 후벼파는 아픔도
기진했다는 듯
몽근 눈물방울들을
쉬..엄..쉬..엄..
떨어뜨리는데
마흔 끝자락
겨울 초입에 들어선 내 인생
처음 겸 마지막 사랑
그대
잘...살...아...

아리랑

가난은 이겨도
이별은 못 견디는
예순다섯 주름진
널문리 뭉클한 해후
부둥킨 어깨 위
후둣후둣 내려앉는
아리랑

밤 열차

차창 사이로 바람이 지나갑니다.
보이지 않아도 흘러가는 것이 있습니다.
슬픔이 눈가를 스쳐
바람 따라 흐르는 것을 느낄 때
어둠에 묻혀
쇳소리 머금은 둔탁한 밤 열차에서
덩달아 버벅대면서
앞날만큼 알 수 없는
희뿌연 창에 손가락을 대다가
나락으로 빠져드는 듯
어지럼증을 느낄 때
안내방송 청도 청도역
잊어야 할 이름이 묻힌 곳
다시는 떠올리지 말아야 할 이름
한가지라도 분명한 것이
마음을 묶어둘 곳이 있었으면
좋겠다는 부질없는 생각을 해 봅니다.
그래도 살아야 합니다
열차는 다시 떠나니까
열차가 시간의 흐름에 따라 달리는 것 같지만
어쩌면 기억의 흐름에 따라 달리고 있는 건 아닐까요

기다림

젖은 시간은
참 더디 갑니다
꽃향기 붉게 내뿜으며
벌 나비 함께일 때
시간은 얼마나
우리를 재촉하던가요
부산하던 시간은
열정이 흙빛 되어
뚝뚝 떨어지자
멈춘 듯 더디기만 합니다
강물은 굽이굽이
만나고 헤어짐을 반복해도
끝내 만나고 말 것을
서두른 강물도
늑장 부린 강물도
바다에서 만나기는 매한가지
붉은 동백 송이송이
피우고 떨구기를 반복해도
끝내 다시 오지 않는 님

긴긴 기다림 끝에
바다로 뛰어내린
붉은 마음 쌓이고 쌓여
동백섬으로 자리합니다

오늘

떨어져 뒹구는 낙엽 냄새가
비에 섞여 내립니다
성급하게 내려앉는 저녁 어스름이
예민하게 느껴지던 어느 날
당신의 외투에서 나던 바람 냄새가
그리운 오늘입니다
빗물 섞인 바람이 불고
당신의 흔적이 걸린 나의 시는
홀로 외롭습니다
가을이 지나가는 소리에 묻힌 당신은
늦은 밤 빗소리에 걸려
홀로 스산합니다
오늘, 떠날 바람이 다시 찾아왔지만
더 이상 흔들리지 않습니다

제4장

내 기억의 윗목 아랫목

홍두깨에 꽃 피듯이

허청대고 떠난
그 '어느 날'의 여행처럼
들어선 시인의 문턱
미움이나 화나는 마음이
빨강인 줄만 알았지
무언가를 누군가를
깊이 사랑하는 것도
빨강인 줄은 모르고 살아온 날들
사랑이 붉게 오리란 걸 예감 못한 채
난데없이
금방이라도 붉게 물들어버릴 듯
사로잡히게 된 詩
문득
어느 날 첫눈이 내려도
흰색의 눈발이 아니라
붉은 눈발이 흩뿌릴 것 같이
그렇게
심장의 통증이 시작되었다.
숱하게 피어오르는

꽃들의 이름은 몰라도
꽃들만의 특별한 향기를
읽어 내는 섬세함
세상 지식 부랑 무식해도
비가 촐촐하게 내리는 건
가슴으로 알고 있는 감성
이슬의 과학적 원리는 모르지만
새벽이슬 맞으며
일하는 사람들의 외로움은
온몸으로 느끼는 따스함
고뇌하는 붉은 가슴을 허락하게 한 詩
마음의 깊이와 강약을 조절하여 드러내고
자연스러운 떨림이 전달되도록 표현하며
운무에 싸여 희미한 시상은
맑은 마음으로 길어 올리고
짧은 시어에 사랑을 가득 담아
내 안에 말들이 넘칠 때
붉게 태운 내 사랑
그렇게라도 세상에 내놓아야
살아갈 수 있는 사람들
홍두깨에 꽃 피듯 만났지만
두고두고 이 인연
영원에 닿기를.

친구와 우정은

유리창에 흘러내리는
빗물을 보는 사이
상념의 끈은 두서없이 풀린 채
알 수 없는 정감의 미소로
가슴이 촉촉이 젖어 들던 날
나이를 먹어갈수록
바쁜 일상에 떠밀려
동심의 공간에서 뛰어놀던 친구
평생 서로 우정을 나누던
소중했던 추억들을 잊고 산다
주소록에 올라 있는
모든 사람이 카톡의 친구가 되고
블로그의 이웃사촌이 되듯
페이스북과 밴드를 통해서도
정을 나누는 세상이 아니던가
마음만 먹으면 친구 찾기를 통해
한순간 친구가 될 수 있지만
만남은 빈번해도 진심은 없고
댓글은 무성해도 위로가 없다 보니

된장 맛 나는 우정이 아쉽다
우정은 SNS가 아니라
관심 어린 전화 한 통이라도 하며
찾아가서 함께 하는 정성이 깃들고
희로애락 얘기를 들어주며
마음을 나누는 것이 아닐까
어릴 적 친구는 마음속의 풍경
상처받아 괴롭거나 힘들고
인연들이 싫어질 때도
마음 편히 기댈 수 있는
삶의 그루터기 같은 쉼터가 아닐까?

노안

가까이 다가가면
물에 불은 밥알처럼
흐릿하게 퍼졌다가
멀어지면
흩어진 쌀알처럼
또렷해지는 마술

부녀의 첫 여행

왼발이 오른발을
오른발이 왼발을 기다리느라
애간장 타는 속울음을 쏟아 내딛는
여든넷 무게의 발걸음
부녀의 여행이
생애 처음임을 알고 있는 듯
난뎃손님 태운 두 좌석
온공치 않은 힐난의 시선을 쏘고
차창 밖은 초면강산이다
곰배팔이 파리 잡듯 서툰 서울 여행길
궁색한 기차 칸은
쓰렁둥한 공기를 내뱉는다
고령도 무력게 하는 엄마의 부재
고작 엄마 첫 기일이 오기도 전
바쁘게 폭쇠한 노구의 아버지
아직 놓지 못한 엄마 옆에
아버지마저 짊어진 고단한 딸은
미어지는 가슴을 남몰래 쓸어다
차 안 짐칸에 차곡차곡 숨겨둔다

갈등

바쁘게 오가던 생각들이
발톱을 세우더니
서로 부딪치며 덜그럭거린다

작은 세상

누구 하나 반짝이지 않는 아이는 없다
교실 구석구석에 봄 햇살 받은 벚꽃처럼
하얀 웃음 터뜨리는 아이들
창가 머뭇대던 어둠이 복도를 타고 들어와
교실 허리를 휘감고 나면
아이들이 서둘러 떠난 자리
책상이 껴안은 아이들의 작은 세상
가면 없는 얼굴은 적나라한 짧은 낙서들
음료수 얼룩에 일그러진 햇살 조각들
뒹구는 과자봉지들이 내뱉는
시험에 눌린 한숨 소리
칠판 가득 채운 남의 나라 문법이
오늘을 사는 아이들에게는
어떤 흔적으로 남을까

넋두리

"누구든지 죄 없는 자가 이 여자를 돌로 쳐라"
지금의 나에게 면죄부나 다름없는 일갈이다.
당시 현장에 있던 군중 속에는
죄 없는 자가 한 사람도 없었기에
이것은 간지나는 복음이 될 수 있었다.
세상은 물론 지금도
2000년 전 그때와 별반 다르지 않다.
예수가 계실 때나 계시지 않을 때나
세상은 죄인들투성이다는 사실이
나에게 위안이 된다.
살아간다는 게 한순간
팍 꼬꾸라져 버리는 것보다
더 힘겨울 때가 있다.
육체의 근육이 그렇듯이
정신의 근육 또한
단련 없이는 풀어지고 마는 건지
내 안에 들끓고 아우성치던 모든 힘겨움들이
현실적이고 속물적인 문제 하나에 부딪히자
일제히 괴성을 지르며 쏟아져 나와선

그동안 마음의 끈을 바싹 다잡아 쥐고
달콤한 유혹들과 세상의 즐거움을 경계하며
일관되게 걸어 온 내 삶을
송두리째 흔들고 있다.
얼마나 더 아프고 얼마나 더 비참해져야
내 정신의 근육이 단련되어
꼿꼿하게 버틸 수 있을까.
가을이 문을 닫고 있다.
내 마음의 문도 닫히고 있다.
자존감이 땅바닥을 헤매기 시작한 게
벌써 세 번째 계절을 맞이하려 하고 있다.
언제까지 나의 이 밑바닥은 계속될 것인가?

길

누구나
자기만의 길을 갖고 있다
아무도 대신 가 줄 수 없는 길
고른 길은 고른 대로
비탈길은 비탈진 대로
한 발 한 발 걸어가는 게 인생
지름길은 없다

치매

재 속에 묻힌 불씨처럼
잊혀져 가다가
어느새 희부옇게
재 속으로 묻혀 버렸다

잿빛 울음

아이들이
입에 밴 욕설을
무심코 뱉어낼 때
아이들이
몸에 밴 짜증을
그대로 쏟아낼 때
오랫동안 받아 내느라
희치희치해진 가슴
고쳐보려 밝은색을
덧칠해 온 시간들.
내리는 겨울비가
덧칠한 색들을 씻어버려
민낯의 가슴은
오늘 잿빛으로 운다.

용단

나는
한 걸음을 나아가기 위해
걸음을 걷고 있는가
어디로 갈지
생각만 하고 있는가
내가 잘할 수 있느냐는
두려움을 버리고
일단
발걸음을 내딛자

비상구는 없다

'이곳에 들어오는 모든 자들은
소망을 포기하라'
소망이 존재하지 않는
그곳이 지옥이다
날마다 요양병원 입구에서
인간답게 살 소망을 포기하라는
무언의 경고를 받는다
지옥은 내 안에도 있다
엄마가 있는 병실은
내 가슴속 슬픔처럼
낮고 짙은 구름이 가득 들어찬 하늘
내 아들딸을 안아주는 것
맛있는 음식을 먹는 것
수업 중에 아이들과 웃는 것
사랑하는 사람들과 만나는 것
화장을 하는 것
춥다고 옷을 더 껴입는 것마저도
도대체 한가하고 염치없는
짓거리일 수밖에 없는

죽음을 기다리듯 삶을 체념한 듯
망연자실한 엄마를 둔 딸로서의 날들
불과 보름 전까지만 해도
그토록 예뻐하는 딸을 보며
앙상한 뼛조각이 패이도록
웃어주던 엄마에겐
아직 온기가 먼 바다의 등댓불처럼
남아있던 때였다
그 등댓불을 길잡이 삼아
질병의 망망대해를 빠져나와
무사히 뭍에 닻을 내릴 수 있기를
날마다 기도했다
그러나
일주일째 산소호흡기에
의지해 숨을 고르며
일체의 음식을
물마저도 입에 담기를 거부하며
링거액에 의지해
겨우 탈수만을 면하고 있는 엄마는
이제 세상에서 가장 무거운 눈꺼풀로
그 크고 동그란 눈을 가린 채
속수무책 아무것도 할 수 없어 비참하고
완쾌에의 별빛마저 삭제되어

세상과의 불화가
날로 깊어지는 딸을 향해
그저 병실의 다른 가구를 보듯이
무심한 눈길을 한번 보내고는
다시 눈을 감을 뿐이었다
어느 날 갑자기
내가 병실에 없는 사이
엄마가 흔적도 없이 사라져 버릴 것 같은
조바심에 잠 못 이루고
엄마가 세상 전부였던 어린 시절
지금의 나보다 젊었을 엄마에 대한
기억이 사무치는 그리움으로 다가오면
하염없이 눈물이 솟구친다
마음껏 안아드리지 못했다는 갈증
제대로 된 옷 한 벌 못 해 드렸다는 아쉬움
남들처럼 맛집들 찾아다니며
대접도 못 해 드렸다는 후회
더 건강하고 젊을 때
아이들 데려가서 함께 시간을 보내며
사진으로 추억도 만들어 드리지
못한 안타까움
오랜 갈망과 안타까움과
애착의 띠를 이젠 풀어야 하는데

때늦은 회한이
맨발로 유리 조각 위를 걷고 있는 듯이
아프게 나와 마주하는 나날들이다
세월이 지나면
깊은 상처에도 새살이 돋아날까

자아재건

길-었던 하루가 끝나면
종일 내뱉은 말들이
내 삶에 남긴
너덜너덜한 얼룩을 덮어 줄
침묵이 필요하다

슈퍼마켓을 나서며

한낮 젖은 봄기운을
몸에 들인 나무들이
숨죽이고 움을 틔우는 저물녘
된장찌개 거리로
봉투를 묵직하게 채우고
슈퍼마켓을 나선다
웅크리고 있던 집이 기지개를 켜고
집안 그늘에 쌓여 있던
검은 적막을 털어내고
음식 냄새로 생기를 일으킨다
손에 든 삶이 무거워
온갖 말들이
서로 부딪치며 덜그럭거려도
집다운 집을 만드는 먹거리
오롯이 내 몫이다
눈앞 네온사인 속 글자들이
춤을 추듯 일렁이고
불새 한 마리 날아간다.

도약

살아온 만큼의 시간 끝에 앞발을 디디고
슬픔이 몸 안을 돌아다니며 두드리지 못하도록
울음주머니를 부풀려
시원하게 울어버리자는 의지가 개입할 겨를도 없이
서슴없이 남은 뒷발을 허공으로 내딛는다
아직 살아보지 않은 우물 밖의 시간 속으로.

삶의 쉼표

모든 정보는 검색해서 클라우드 저장
수백 개의 연락처는 폰만 아는 것
기억조차 아웃소싱해 버리는 초연결사회
책을 읽다가도 밥을 먹다가도
마치 다른 중요한 일을 잊고 있었다는 듯
수시로 폰을 봐야 하는 우리
한없이 확장된 공간에 반해
시간은 잃어버리고 여백이 없는 세상
온라인 풍년 시대 우리 내면은 황무지
우리가 외로운 건 혼자여서가 아니라
홀로 지낼 줄 모르기 때문은 아닐까
삶의 쉼표가 우리를 다시 더불어 살게 하리라

하품

찢길 듯 벌어지는 건 입인데
눈앞의 풍경이
축축하게 부풀어 올랐다가 꺼지면서
눈물 한 방울 떨어뜨려 주는 것

시력 검사

첨단 기계들이 점점 몸집을 세워
집어삼킬 듯 내려다보고 있는
오싹한 안구 검사를 끝내자
"아직 노안은 진행되지 않았는데
난시가 심합니다"
처방받아 맞춰온 난시 교정용 기능 안경
시력이 빠져나간 자리에
안경은 제자리를 못 찾고
콧잔등을 바쁘게 오간다
일할 때만 잠시 쓰던 안경은 점점 나를
안경 없던 일상 밖으로 밀어내고 있다
이제는 제법 익숙한 듯 안경을 닦으며
더 길어질 수밖에 없는 안경과의 동거를
받아들이는 마음속에
켜켜이 쌓인 나이테가 생생하다

모내기

1.
겨우내 얼어있던 못자리 깊게 갈아
굳은 흙 숨 쉬도록 땅심을 높여주어
스무날 기다림 동안 농부 마음 설레임

2.
한 삽씩 진흙 떠내 두둑을 돋워내고
보또랑 물꼬 터서 서래질 맘 고르기
볍씨들 싹을 틔우는 육모장의 어린 벼

3.
모찌기 이모판을 절우고 들어내세
새참 든 도복바리 어디쯤 오시는지
위아래 논 모 꾼들아 탁배기로 정 쌓자

눈

언제부턴가 교사용 답안지
작은 글자들이 반짝거리며 커졌다가
이내 두세 개씩 겹쳐 보이며 춤춘다
환한 조명에 더 환한 스탠드 등을 켜고도
흔들리는 숫자들은 뾰족하게 날을 세워
답지를 보는 척 급히 문제를 풀어야 하는 채점
기다림을 못 견디는 아이들 앞에서
심장은 얇은 철판처럼 떨리다가 멈춘다

기탄잘리 9 / 타고르

오, 어리석은 자여, 자신이 자신을 업고 가려 하는구나! 오, 구걸하는 자여, 자신의 문 앞에서 동냥하려 하는구나!
모든 것을 짊어질 수 있는 분의 손에 그대의 짐을 모두 맡기고, 결코 미련을 남겨 뒤돌아보지 말라.
그대 욕망의 숨결이 닿으면 등불은 곧 꺼진다. 그것은 성스럽지 못하다. 그 더러운 손으로 그대의 선물을 받지 말라. 신성한 사랑이 주는 것만 받아라.

댓 시 / 이은주

어리석고 현명한 자의 구분이 어디에 있나요
갈취와 억압이 일상이 되어버린 오늘만 살아있습니다
되돌아보지 못한 시간이 어깨를 짓누르고
오관을 압박하고 있습니다
욕망이 아닌 희망의 숨결이 담긴 사랑만이
구원의 길이 될 것입니다
단절이 아닌 영속의 통로 속엔
성스럽고 신성한 바람이 불어오고 있습니다.
나는 이 바람 한 줄기를 불씨로 살려
다음 세대에게 주고 가겠습니다
길은 길에 닿아있듯
진리는 메마르지 않는다는 것을 기억하고
정갈한 사랑만 남기고 가겠습니다

그날

내가 먼저
한 그루 나무로 서야
울창한 숲을 기대할 수 있다
내가 먼저
한 줄기 바람으로 불어야
한여름 무더위를 식힐 수 있다
나무로 서야 하고
바람으로 불어야 할 그날
잠시 눈 감는다면
한쪽 날개로 날아다니는
철새들만 넘치는
민주 적멸의 숲에서
한동안 길을 헤맬 것이다.

지하철을 기다리며

높낮이 다른 목소리들이
들썩거리며 깨어난다
기쁨에 넘친 등산복 무리는
밖으로 잎을 내고 꽃을 피우며
서로 어우러져 정류장을 넓히지만
비바람으로 인한 나이테를
안으로만 새긴 잿빛 나무들은
출입문이라는 좁은 통로 앞에
모두 한 줄로 서서 기다린다
쇠판을 긁는 듯한 기계음이
더운 바람을 몰고
한여름 매미들의 울부짖음 섞인
이명으로 정류장에 도착하면
군중 속에 묻힌 나를 찾아 줄 세운다
환희의 전당에서 좁은 통로로
밀려나지 않으려 발꿈치에 힘을 주다가
봉오리는 꽃을 기억해 내고
나무와 비교해서가 아니라
본래 사랑스러웠다고 되뇌인다
마침내 다발에 묶이지 않고
한 송이 꽃으로 고고하게 선다

춤추는 연필

이전에 나는
작은 동그라미를 그리고
나와 다른 샤프나
나를 싫어하는 볼펜을
끊임없이 밖으로 밀어냈다
내 동그라미는 점점 작아져
결국 하나의 점이 되었다
지금의 나는
새로운 작은 동그라미를 그리고
샤프와 볼펜, 만년필까지도
끊임없이 안으로 받아들이고 있다
내 동그라미는 점점 넓어져
'우리'의 탱고가 멈추지 않는다

눈을 맞추다

아이들 한 명 한 명 눈을 맞추며 강의할 때
내 눈빛에 부딪혀 빛을 내는 아이들에게서
언젠가 꽃으로 활짝 피어날 봉오리를
세상을 환히 밝힐 불꽃을 발견한다
눈앞의 산들바람에 취한 아이들은
내 눈빛을 피해 빠져나가 버린다
온몸으로 햇빛을 받아들이고
힘들여 물기를 빨아들이는 일을
피해야만 하는 장애물로 여기는 동안
눅눅한 성냥개비처럼
한 번의 불꽃을 일으킴 없이 시들어 간다
머언 정원의 꽃을 보는 아이들은
강한 비바람이나 추위조차도
세상이 내미는 거친 호의로 받아들인다
이리저리 부딪치며 부싯돌처럼
상쾌한 불꽃을 일으킨다
살아가고 있다는 것은
부딪쳐 오는 모든 것들에 자신을 맞부딪쳐
불꽃을 일으키는 일이다

부끄러움

뜨거운 햇살 진저리 치게
내리꽂히는 날
불을 뿜는 후덥진 바람
무겁게 가라앉은
꼬부랑글씨 가르쳐 온
스물일곱 해 나의 삶
개 싸 대듯 날뛰는 아이들
가갸 뒷다리라도 깨우쳐 주려
근사 모아 보지만
거적문에 돌쩌귀라
마당에 풀 번지듯 번지는
딴 나라 왜 나간 말들
오죽잖은 글들
가갸글 처음 만드신 이
갸륵한 뜻 그 마음 씀에
식을 줄 모르는 된 더위가 부른
욕지기처럼 올라오는 부끄러움
곰배팔이 왼새끼 꼬듯
되잖은 소리가 되어버린 가갸
뉘우침 없는 삶처럼 지루하다

당신

짙은 어둠처럼 내려앉은 우리의 삶을
함께 견뎌내느라 묵묵한 예민함으로
처진 어깨를 감싸며 보폭을 맞춰주는 당신
푸서릿길에서도 머뭇거리지 않고
눈가리개를 한 노새처럼 한길만을 향해
곁을 지키며 일정한 보폭을 맞춰주는 당신
오도 가도 못하는 사막에서 신기루를 좇던 나에게
작고 미묘한 일상의 균열들에 집중하도록
기진한 나를 일으켜 지나온 길을 보여준 당신
바작바작 소리를 내며 타들어 가던 열정이
삶의 기억 속으로 사라지는 사이에
봄바람처럼 소리 없이 당도해 있던 사랑은 당신
당신의 따뜻한 손을 잡고 같은 보폭으로 걸어왔기에
고비마다 마음속 깊이 자리한 삶의 옹이에서도
싹을 틔우고 꽃을 피우리라는 소망이 마르지 않으리

* 서평 *

생의 시침은 늘 전지적이다

김상훈 시인

사유(思惟)가 아무리 자유로운 영역이라고 할지라도 그 사유조차 실은 거대한 그 무엇의 한 조각임을 시인은 은연중 알게 된다. 그래서 소심하게 "삶과 자연에 대한 자기 옹알이"쯤으로 여길 수 있다. 그러나 사유가 제아무리 광대무변의 영역일지라도 자유와는 정면으로 배치되는 "한계"라는 벽에 부대끼기 마련이다.

이러한 통증은 시인이 안고 있는 어쩔 수 없는 숙명이지만, "상상의 자유"와 "사유의 자유"는 막연하게나마 그 결(혹은, 차원)이 다르다는 것에 더 곤혹스러울 수밖에 없다.

이은주 시인은 시 작업에 따르는 "심장의 통증"을 "붉은 눈발 같은" 것으로, 운명처럼 다가온 문학(詩)에 대하여는 "고뇌하는 붉은 가슴을 허락한"이라고 _/ 홍두깨에 꽃 피듯이 _에서 피력한다. 여기서 붉은이라는 형용사를 두 번이나 사용한 것에 대해서는 나름의 이유가 있음을 짐작게 한다.

詩라는 장르 안에 갇히는 순간, 가장 빠지기 쉬운 함정은 현실

부정에 이은 자기 부정이다. 아이러니하지만 그 부정의 실체는 과거로부터 현재에 이르기까지 한사코 현실에 몸 던졌고, 던지는, 자기 투신의 결과다.

예고 없이 발톱을 세운 선인장 가시에
안개 미궁을 헤매는 동안
어디로 발끝을 놓아야 할지 모른 채
홀로 뛰어든 낯선 길

— / 내게 오지 않는 날들 —

삶은 우리를 반드시 일정한 방향으로만 시험하려들지 않는다. 설령 한 길로 쉼 없이 걸어왔어도 어느 순간 새로운 길(직면)과 맞닥뜨리기도 하는데 이럴 때 가장 필요한 도구와 에너지는 긍정적일 것이냐 부정적일 것이냐보다는 미지에 대한 두려움을 누를만한 "선택과 용기"다. 그러다 문득, "앞치마 속 달갑잖은 여가를 만지작거리고 있을 즈음"처럼 — / 비 오는 술집에서 — 무료의 심한 갈증은, 어렴풋이 자기 선택에 대한 오류를 감지할 때다.

그리하여 급기야 갱년기 얼굴로 맨가슴 긁히듯, 삶의 노역이 쌓이는 공간은 결국 자기 몸 안이라는 것을 은연중 깨닫는다. 이를테면 어머니에 대한 그리움과 아버지에 대한 연민도 일종의

긁힘이지만, 낙천적이라기 보다 모든 면에서 대체로 긍정적인 사고를 지녔음에도

내가 소화할 수 없는 무게는

궁지에 몰린 짐승처럼
반사적으로 몸속을 찔러댄다

— / 선착장에서 —

이렇듯 이은주 시인의 글 투에 스민 비(悲)의 습(濕)은 명료라기 보다 솔직하다. 솔직하면서 거부할 수 없는 숙명처럼 생의 시침이 늘 전지적이라는 것을 자신도 모르게 감추지 못한다. 그랬을 것이다. 차마 어쩌지 못하는 삶, 그러나 될 대로 돼라, 가 아니라 그 와중에 잃어버리거나 미처 챙기지 못했던 것(일)들을 다시금 살펴보는 일로, 굳센 존재의 방식을 세우기 위한 나름의 분주함이랄까.

살아가고 있다는 것은
부딪쳐 오는 모든 것들에 자신을 맞부딪쳐
불꽃을 일으키는 일이다
— / 눈을 맞추다 —

그 존재 방식의 일환으로 시에 대한 진지한 질문과 진솔한 답을

구하기 위해 명확한 듯하면서도 명확하지 않은, 구체적인 듯하면서 구체적이지 않는, 영원히 미완으로 끝날 것 만 같은 시의 탐구(열정)와 창작의 끈도 놓치지 않으려고 무던히 애쓴다. 이제 이쯤 그녀의 작품 중에 눈길을 끄는 게 있어서 지면을 통해 다시 한번 소개하고 서평(書評)이랄 것도 없는 "옹알이"를 이만 맺는다.

부끄러움

河聿. 이은주

신발에 비료라도 줘볼 걸 그랬어
작은 키를 비웃으며
문패의 가출 후에
성장의 비탈에 멈춰 섰지

남의 신발을 신어보려면

내 신발을 벗었어야지

풍등한 비웃음으로 면박을 주는
설악산의 구박에
자아의 비탈에 멈춰 섰지

바다보다 하늘을 사랑한 물고기
기어이 날개를 펼 동안
몸 깊숙이 침몰하는 냉기 하나 구하지 못해
감정의 비탈에 비석이 됐지

숱한 낮과 밤, 계절과 급류를 지나서
비로소 내 집 울타리 만난 능소화
나 대신 더 부끄럽게 붉어진다

언제든 떨어질 수 있음을 기억하는
나뭇잎처럼 살았어야지

2024년 9월

아껴먹는 슬픔

초판 발행 2024년 9월 30일
지은이 이은주
펴낸이 김복환
펴낸곳 도서출판 지식나무
등록번호 제 2024000028호
주소 서울시 중구 수표로 12길 24
전화 02-2264-2305
이메일 booksesang@hanmail.net

ISBN 979-11-87170-77-8
값 10,000원

이 책의 저작권은 저자에게 있습니다.
저자와 출판사의 허락 없이 내용의 일부를 인용하거나 발췌하는 것을 금합니다.